¡Hola, chiquitín!

Lada Josefa Kratky

NATIONAL GEOGRAPHIC LEARNING | CENGAGE Learning

¡Hola, chiquitín! ¿Qué animalito puedes ser tú? ¿Puedes ser un ratón, o tal vez una ardilla? Vamos a ver.

Cuando nace, este chiquitín
no tiene ni orejas ni pelo. Sí
tiene ojos, pero cuando nace,
sus ojos no ven.

Usa la nariz y las patas.
Gracias a la nariz, sabe dónde
hay leche. Gracias a las patas,
sabe cómo hallarla.

Las patas delanteras son fuertes. Usa las patas para llegar a la bolsa de su mamá. Ahí tiene todo lo que necesita: leche y calor.

Este chiquitín toma leche por muchos meses. Cuando tiene un año, ya no toma. Sólo come hojas. Pasa muchas horas en las ramas de un árbol, sin hacer nada.

Ahora el chiquitín ya no es tan chiquitín. Es un koala que vive en un árbol que es solo suyo. No visita a otros koalas. Vive solo.

Gracias a la leche y el calor de su mamá, el koala se hace más grande. Gracias a las hojas que come, llega a ser adulto. ¡Qué chulo es!